Le troisième Cavalier

Cet ouvrage a initialement paru en langue anglaise en 2010
chez Orchard Books sous le titre :
The Chronicles of Avantia, Chasing Evil
© Working Partners Limited.
© Beast Quest Limited 2010 pour le texte.
© Artful Doodlers pour les illustrations.

© Hachette Livre, 2011 pour la présente édition.

Mise en page et colorisation : Julie Simoens.

Hachette Livre, 43, quai de Grenelle, 75015 Paris.

Adam Blade

Traduit de l'anglais
par Lucile Galliot

Les légendes d'Avantia

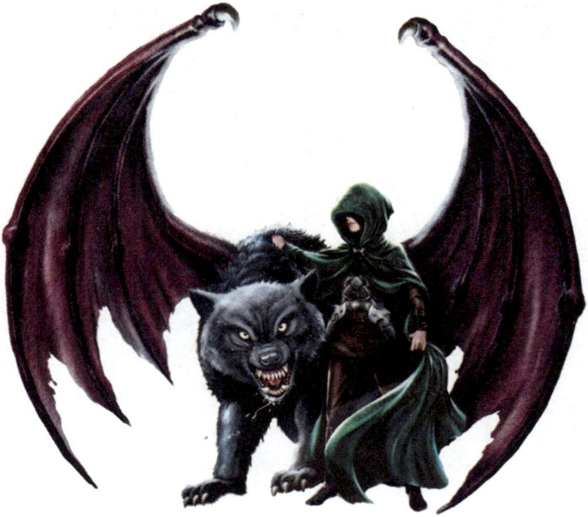

Le troisième Cavalier

Les Bêtes d'Avantia

Firepos est un oiseau-flamme, et une des Bêtes légendaires du royaume. Elle a choisi Yann lorsqu'il était enfant, et depuis, il est devenu son Cavalier. Firepos le protège et le guide.

Comme Firepos, **Gulkien** le loup, **Néra** le puma, et **Falkor** le serpent ont chacun un Cavalier.

Bêtes et Cavaliers sont unis par un lien très fort, et ils communiquent par la pensée.

Ensemble, ils doivent vaincre l'ennemi d'Avantia : **Derthsin**.

Avantia

- LES PLAINES DE GLACE
- LES GORGES BRISÉES
- GRANDES PLAINES
- LA CITÉ
- FORTON
- COLWEIR
- LA RIVIÈRE SINUEUSE

La voix de la Bête : Gulkien

Il me suffit de l'entendre rire pour savoir qu'elle est ma Cavalière. Je les aperçois à travers les herbes hautes : une petite fille et son frère jumeau jouent à s'éclabousser dans la rivière.

— Gwen ! crie le garçon. T'arriveras jamais à m'attraper !

Un nouveau rire s'élève du cours d'eau et je n'ai plus aucun doute : c'est bien elle, je l'ai trouvée !

— C'est ce qu'on va voir, Gaël ! lui crie-t-elle.

Mais elle se fige soudain et, les yeux plissés, regarde dans ma direction. Elle sait que je suis là.

— *Gwen ? l'appelle son frère, inquiet.*

D'un pas lent, je sors des fourrés et m'approche du rivage.

— *Une Bête ! balbutie Gaël. Un loup géant...*

D'un bond, il se réfugie derrière sa sœur et se sert d'elle comme d'un bouclier. À cet instant, je comprends que Gaël est un lâche.

— *Tout va bien, dit-elle pour le rassurer.*

Elle s'approche à petits pas et lève la main vers mon museau.

— *Gulkien, murmure-t-elle. C'est ton nom, n'est-ce pas ?*

Elle me connaît. Tout comme je l'ai reconnue au son de sa voix.

Je m'accroupis pour la laisser grimper sur mon dos. Elle semble avoir fait ça toute sa vie ! En déployant mes ailes, je projette une ombre sur Gaël, dont le cœur se met à battre très fort.

— *Gwen, gémit-il.*

— *Attends-moi ici, dit-elle. Je ne risque rien. Et n'en parle à personne !*

Je fléchis mes pattes arrière puis bondis vers le ciel. En quelques battements d'ailes, je rejoins les nuages, puis file à toute vitesse pour montrer à ma Cavalière l'étendue de ma puissance. Lorsque les nuages se dissipent, je sens son cœur s'emballer.

— C'est fantastique ! murmure-t-elle. La rivière ressemble à un ruban de soie bleu... Et regarde ces collines ! Dans la lumière du soleil, on les croirait recouvertes d'or...

Pour mes yeux de loup, la rivière est noire et les collines grisâtres. Sa présence à mes côtés est une richesse. Nous ne faisons plus qu'un. Moi, son guide, son gardien. Elle, ma Cavalière, ma Gwen.

Chapitre 1

La trahison

Une partie du plafond s'effondre dans la pièce en flammes. Yann l'évite d'un bond, mais la fumée commence à l'asphyxier. Soudain, un guerrier apparaît au cœur de l'incendie. Il porte à la main une longue épée couverte de sang. Son regard est fixé sur Yann, mais seul un de ses yeux est visible. L'autre est caché derrière une pièce de cuir, un morceau du Masque de la Mort. C'est Derthsin, l'homme qui a tué son père !

Alors que son ennemi marche vers lui,

Yann est incapable de bouger. Ses membres refusent de lui obéir.

— Le masque sera bientôt à moi ! hurle Derthsin en levant l'épée au-dessus de sa tête.

Le jeune homme sait qu'il va mourir. Dans un sifflement, la lame s'abat sur lui.

Yann se réveille en sursaut. Derrière lui, Firepos remue dans son sommeil.

Derthsin n'est pas là. Ça n'était qu'un cauchemar.

« Les rêves dissimulent de grands secrets », lui disait souvent sa grand-mère. Mais Esmée est morte à présent, assassinée par le général Gor, le complice de Derthsin. *Tant de meurtres commis en son nom !* pense Yann. Alors qu'il n'avait que sept ans, Derthsin a aussi tué son père et capturé sa mère…

En guise de châtiment, Firepos l'a précipité dans le cratère d'un volcan. Mais, sans que Yann ne sache comment,

Derthsin a réussi à survivre. Sous ses ordres, le général Gor répand la terreur et la mort dans le but de récupérer le Visage d'Anoret, un masque qui lui permettrait de contrôler toutes les Bêtes d'Avantia.

À quelques mètres de lui, une jeune fille dort profondément, blottie contre le flanc de son loup. Il y a encore deux jours, Yann croyait être le seul Cavalier d'Avantia mais, depuis, il a rencontré Gwen et Gulkien. Avant de mourir, sa grand-mère lui avait dit de rejoindre Jonas, un cartographe habitant une ville voisine. Là-bas, ce n'est pas lui, mais ses deux enfants adoptifs, Gwen et Gaël, qu'il a finalement trouvés.

Après de nombreuses péripéties, Yann et sa nouvelle amie ont réussi à récupérer un morceau du masque. Gwen lui a également révélé le secret permettant de lire la carte d'Avantia et de savoir où se trouvent les autres fragments. En mettant la main sur la totalité du masque, ils pourraient empêcher Derthsin de s'emparer du pouvoir des Bêtes.

Cependant, le seigneur sombre possède de puissantes armées et — pire encore — Varlot, une Bête maléfique, mi-homme, mi-cheval.

Attiré par l'odeur de la fumée, Yann tourne la tête vers l'intérieur de la grotte. Près du feu de camp, il distingue une silhouette emmitouflée sous une couverture : c'est Gaël, le frère jumeau de Gwen. Le général Gor l'avait enlevé, mais sa sœur et Yann ont réussi à le libérer.

Soudain, le nuage de fumée s'épaissit et emplit l'air d'une odeur âcre...

La couverture du jumeau de Gwen a pris feu !

— Gaël ! s'écrie Yann.

Mais le garçon ne réagit pas.

— Qu'est-ce qui se passe ? demande sa sœur, la voix pâteuse.

D'un geste vif, Yann arrache la couverture en feu et découvre un tas de bûches disposé de façon à imiter la forme d'un corps. Il fouille aussitôt la grotte du regard. Où se trouve le morceau du masque ?

— Il s'est enfui ! s'exclame Yann. Et il a emporté le masque avec lui !

Gwen court jusqu'à l'entrée de la grotte.

— Gaël ! Où es-tu ? Reviens ! hurle-t-elle. On doit le retrouver. Il est peut-être en danger !

Yann secoue la tête.

— Tu es aveugle ou quoi ? Il a volé le masque !

— C'est impossible... réplique-t-elle les sourcils froncés.

— Tu aurais dû voir comment il le dévorait du regard hier soir.

— Ne dis pas n'importe quoi. C'est mon frère ! Il ne me ferait jamais ça.

Le visage blême, Gwen scrute l'horizon.

Elle n'ose pas me regarder en face, pense

Yann. *Au fond, elle sait que j'ai raison.*

— Quoi qu'il en soit, il faut le retrouver. Et vite.

Sans un mot, la jeune fille ramasse la couverture de son frère et l'apporte à Gulkien.

— Tu vas m'aider, n'est-ce pas ?

Le loup renifle le tissu râpeux, puis fait signe à sa Cavalière de grimper sur son dos.

— Suivez-nous par la voie des airs, dit-elle froidement à Yann. On se charge de retrouver sa piste au sol.

Yann hoche la tête et se hisse derrière le cou de Firepos. L'oiseau-flamme bondit dans le ciel et rejoint les nuages.

En surveillant la progression du loup, Yann rumine sa colère. *On a traversé tellement d'épreuves pour récupérer ce morceau du masque ! Et maintenant le frère de Gwen s'enfuit avec... Pourquoi ?*

Pendant que Gulkien s'arrête pour

reprendre son souffle, Yann observe le paysage et repère quelque chose à l'horizon. Il tire de sa tunique sa loupe de cristal, une pierre rectangulaire, héritée de son père, qui permet de voir à de grandes distances. Dès qu'il la porte à son œil, la pierre blanche devient translucide et la silhouette d'un jeune garçon apparaît dans son champ de vision. Le morceau de masque serré contre lui, Gaël court à en perdre haleine et disparaît l'instant d'après de l'autre côté de la colline.

— Je l'ai trouvé. Suis-moi ! lance-t-il à Gwen.

Mais au moment de passer la crête à son tour, une terrible surprise l'attend : des centaines de soldats forment des rangs serrés, leurs arcs tendus vers le ciel avec, à leur tête, la silhouette familière du général Gor. *Ce sont de nouvelles recrues !* songe Yann. *Le général a déjà remplacé les troupes tombées dans les Gorges Brisées...*

Il aurait pourtant pu jurer que le Guerrier Dragon s'était noyé dans le torrent pendant leur dernier combat. Et puis comment a-t-il su où retrouver Gaël ? Les images du sauvetage du jeune garçon lui reviennent en mémoire. *Et si Gor avait fait exprès de laisser partir Gaël pour qu'il découvre le secret de la carte ? À quel point Gaël est-il conscient des conséquences de sa trahison ?*

Plus le temps de réfléchir : le général Gor lève déjà le poing dans sa direction.

— Tirez ! hurle le guerrier.

Chapitre 2

Le retour du Guerrier Dragon

Les ailes inclinées, moi Firepos, je réalise un rapide volte-face et prends de la hauteur sous une pluie de flèches. Les projectiles retombent sans m'atteindre.

Tandis que Gulkien parcourt la crête de la colline à grandes foulées, je vois le général Gor mettre pied à terre. Le cheval se cabre aussitôt et pousse un terrible hennissement. Varlot a survécu lui aussi ! Sa transformation commence : ses sabots grossissent de façon démesurée et son torse musculeux se recouvre d'une armure d'écailles.

Les soldats ont planté devant eux une

rangée de pieux taillés en pointe. Le loup charge l'ennemi, puis bondit dans les airs. Ses ailes immenses surgissent de son dos et, d'un battement vigoureux, le hissent au-dessus des pointes. Avec la puissance d'un boulet de canon, il percute Varlot et le propulse sur une colonne de soldats.

Yann pousse un cri de guerre. Le combat ne fait que commencer.

Firepos s'élance à son tour vers les lignes ennemies. Rares sont les archers qui ont gardé les rangs : ils se sont dispersés à la hâte devant la charge de Gulkien. Couchée contre son encolure, Gwen fend l'air de sa rapière, cherchant du bout de son épée les points faibles des armures.

Firepos plonge vers le sol pour se rapprocher du général. Sa main droite tient fermement Gaël par le col de sa tunique tandis que la gauche est crispée sur le morceau de masque.

Le guerrier éclate d'un rire caverneux.

— Tu pensais t'être débarrassé de moi, n'est-ce pas, mon garçon ? Il va vous falloir un peu plus qu'une baignade forcée pour nous régler notre compte, à ma Bête et à moi ! Et puis, il est si simple de trouver de nouvelles recrues…

Malgré sa colère, Yann parvient à garder son sang-froid :

— Je ne vous laisserai pas gagner, Gor. Je vais vous anéantir, vous et votre maître !

Le guerrier hausse les épaules, puis jette Gaël aux pieds d'un varkule.

— Conduis-le au char de Vendrake, ordonne-t-il au cavalier. Qu'il l'emmène aux mines !

Les yeux dans le vague, Gaël n'essaie même pas de se débattre quand le soldat le ligote. Puis le varkule s'élance avec son précieux passager de l'autre côté de la plaine où l'attend un étrange char,

harnaché à un vautour géant par des liens de cuir tressés. Couvert de panneaux de cuir rouge sang, l'engin possède, à la place des roues, deux immenses ailes en bois sculpté. Les plumes de la créature sont noires comme la nuit et sa tête chauve dodeline à l'extrémité d'un cou démesuré.

En contrebas, encerclés par les soldats, Gulkien et Varlot continuent de combattre. *Mais où est Gwen ?* s'inquiète Yann. *Là !* Son amie est un peu plus loin, menacée de tous les côtés par les hommes de Gor. Le général s'avance vers elle à grands pas, sa redoutable épée au poing. Face à lui, Gwen tient sa rapière dans une main et brandit une hachette dans l'autre.

Gulkien tourne la tête vers moi et pousse un long hurlement. Il est inquiet pour sa Cavalière. Je lui réponds par un cri perçant : « Tu peux compter sur moi, mon ami. » Nous survolons les soldats qui encerclent Gwen.

Même face à tant d'ennemis, elle montre un calme surprenant. Les flammes qui naissent entre mes serres baignent son visage d'une lueur rougeâtre.

La plupart des soldats s'enfuient, terrifiés à l'idée d'être brûlés vivants. Cependant, trois guerriers maintiennent leur position, leur lance pointée vers Gwen. L'un d'eux se précipite sur elle, mais la jeune femme esquive le coup et contre-attaque aussitôt : le soldat s'écroule à ses pieds.

Yann observe ceux qui restent.

Lui d'abord, indique-t-il à Firepos par la pensée. La boule de feu projetée par l'oiseau-flamme explose aux pieds du soldat, qui se transforme aussitôt en torche humaine.

— Gwen ! hurle Yann, le corps suspendu dans le vide et le bras tendu vers son amie.

Elle lève les yeux vers lui et, au moment

où Firepos passe au-dessus d'elle, saute pour attraper sa main. Leurs doigts s'entremêlent et, au prix d'un effort intense, Yann parvient à la hisser derrière lui.

— Merci ! dit Gwen en se cramponnant à la taille de Yann. Où est Gaël ?

— Là-bas. On dirait que Gor a l'intention de l'envoyer quelque part.

— Alors, il faut le libérer dès maintenant.

— Et Gulkien ?

Le loup géant et Varlot sont toujours en plein combat.

— Gulkien ! appelle Gwen. Ce n'est pas le bon moment. Va-t-en !

Les yeux plissés, le loup échange un regard avec sa Cavalière, puis bondit dans les airs et déploie ses ailes pour les rejoindre. Son flanc blessé cicatrise déjà et se couvre à nouveau de fourrure. *Il a le même pouvoir de guérison que Firepos !* réalise Yann.

Dès que Gulkien les a rattrapés, Gwen

se laisse glisser du dos de Firepos pour atterrir à califourchon sur son loup.

— Et maintenant, on va récupérer mon frère ! s'écrie-t-elle.

Chapitre 3

Informations

Montées par leur Cavalier, les Bêtes s'éloignent du champ de bataille. Il ne leur faut pas longtemps pour rattraper le vautour géant. Tournant la tête, le volatile plonge ses yeux rouges dans ceux de Yann.

— En le serrant de chaque côté, on pourra peut-être le forcer à atterrir, propose-t-il à Gwen.

La jeune fille hoche la tête : d'une pression de la main, elle fait faire le tour du char à Gulkien pour se placer de l'autre côté.

— Libérez mon frère ! s'écrie-t-elle, tandis que le loup secoue l'engin ailé d'un puissant coup d'épaule.

Soudain le vautour tourne son crâne chauve vers eux et crache un liquide en direction de Gulkien. Le loup couine de douleur et s'éloigne aussitôt.

— On dirait de l'acide ! crie Gwen à Yann.

Près de Gaël se tient un homme tout habillé de cuir et enveloppé d'une cape sombre. Son visage, en partie caché sous une capuche, est d'une pâleur cadavérique.

Ce doit être Vendrake ! L'homme dont Gor a parlé au cavalier du varkule. Sur son visage court une longue cicatrice qui relève le coin de sa bouche et la fige dans un sourire méprisant. L'homme pose un regard amusé sur Yann et lève une main décharnée vers son visage.

— Voilà ce qui arrive à ceux qui croisent Derthsin, explique-t-il. Mais à présent, je combats à ses côtés, je suis son serviteur.

Avec un sourire moqueur, l'homme tend la main vers Firepos. Dans sa paume sont dessinés les contours d'une poignée. L'instant d'après, une dague jaillit de sa manche et vient se superposer au dessin. Ses doigts se referment sur la poignée puis, rapide comme l'éclair, la lame fuse vers l'oiseau-flamme.

— Les ennemis de Derthsin sont mes ennemis ! hurle-t-il.

Pour éviter la dague, Firepos plonge subitement vers le sol. Au-dessus de lui, Yann remarque que Vendrake tend toujours sa main vers l'oiseau-flamme. Il ne tient plus aucune arme, mais ses doigts sont pris de tremblements. Les yeux de Firepos se révulsent et, tandis que ses ailes pendent mollement, sa chute s'accélère. Yann essaie de lui faire reprendre connaissance. Le sol se rapproche à toute vitesse...

— Firepos, lui crie-t-il à l'oreille. Réveille-toi, je t'en prie !

Yann prend une grande inspiration puis, recroquevillé, se prépare à l'impact.

Je ne pèse plus rien. Je ne ressens plus rien. Soudain, j'entends la voix de Yann. Il m'appelle. Ma vue brouillée s'éclaircit peu à peu et je vois le sol se rapprocher.

La violence de l'impact est telle que, pendant un instant, je reste enveloppée d'une lumière aveuglante. Que m'est-il donc arrivé ? Cet homme aurait-il le pouvoir de canaliser les pouvoirs de Derthsin ? Mon Cavalier est étendu à quelques mètres de moi. Du sang coule de son front, mais il est en vie. Gulkien atterrit près de nous et sa Cavalière bondit pour nous porter secours.

— Yann !

Ouvrant les yeux, le jeune homme voit le visage inquiet de son amie penché sur lui.

— Firepos ? murmure-t-il.

L'oiseau-flamme lui répond par un petit cri réconfortant. Aidé par Gwen,

Yann parvient à se redresser. Il porte la main à sa tête, puis observe ses doigts couverts de sang.

— Vas-y doucement, lui conseille Gwen.

— Et ton frère ?

D'un battement de paupières, la jeune fille refoule ses larmes.

— Quand je t'ai vu tomber, je n'ai pas hésité une seconde. Tu avais besoin de mon aide… Ce serviteur est très étrange ! Il est pire que Gor.

— Je vois ce que tu veux dire. Avec Gor, au moins, on sait à quoi s'en tenir : c'est un général qui se contente de suivre les ordres. Mais ce Vendrake… Il a l'air très proche de Derthsin. Tu as vu ce qu'il a fait à Firepos ?

Que lui est-il arrivé, d'ailleurs ? Devant le visage épuisé de Gwen, Yann se penche vers elle.

— Je suis désolé qu'on n'ait pas pu libérer ton frère…

— Tu avais raison, dit-elle en secouant la tête. Il nous a trahis. Mais, ajoute-t-elle les sourcils froncés, comment a-t-il su où retrouver Gor ?

— Je pense que le général nous a laissés le libérer. Quand il a compris que Gaël ne savait rien, il lui a sans doute donné des instructions dans le cas où on viendrait à son secours. Et maintenant que ton frère a vu la carte, il va pouvoir dire à Vendrake où se trouvent les autres morceaux du masque !

Derrière eux, Firepos se redresse lentement et déploie ses ailes afin d'étirer ses muscles endoloris.

La carte d'Avantia déroulée devant elle, Gwen ouvre le médaillon qu'elle porte autour du cou puis superpose le carré de soie qu'il contient sur le parchemin. Quatre nouveaux emplacements apparaissent : les quatre morceaux du Masque de la Mort.

— J'ai entendu le général Gor dire

que Vendrake devait conduire Gaël aux « mines », dit Yann en s'accroupissant à côté d'elle. Tu sais ce que c'est ?

— On est ici, dit-elle en pointant les plaines situées au centre du royaume. Vendrake se dirige vers le nord. Et un morceau du masque se trouve justement dans les montagnes du Nord. D'après Jonas, ces montagnes sont parcourues par des kilomètres de souterrains. Ces fameuses mines peut-être…

Une idée surgit soudain dans l'esprit de Gwen.

— Pour nous endormir le soir, Jonas nous racontait l'histoire d'un trésor caché sous ces montagnes ! Il parlait sûrement du masque… Gaël saura exactement leur dire où chercher !

— On n'a pas une minute à perdre ! s'exclame Yann en s'élançant vers Firepos. Gor et son armée doivent déjà être en route, eux aussi. À nous les montagnes du Nord !

Chapitre 4

Colton

Yann observe la ligne des arbres s'éloigner tandis que Firepos prend de la vitesse. Gulkien vole près d'eux, sa fourrure ébouriffée par le vent. En contrebas défilent des ruines envahies par la végétation et, au-delà, un petit village où des maisons au toit de chaume entourent un manoir de pierre. Ici, au moins, le peuple d'Avantia n'a pas subi d'attaques.

Pas encore, songe Yann.

Les quatre amis survolent ensuite ce qui ressemble à une route commerciale.

Le chemin finit par les conduire à un amas de pierres noires. Ce sont les restes carbonisés de plusieurs habitations.

— C'est à ça que va ressembler tout le royaume si on n'arrête pas Derthsin, commente Yann.

Gwen resserre les pans de sa cape autour de ses épaules et hoche la tête, le visage grave.

Les plaines continuent de défiler sous leurs yeux jusqu'à ce qu'apparaissent des sommets gris à l'horizon.

— Regarde, s'exclame Gwen. Les montagnes du Nord !

Yann distingue au loin les pics enneigés coiffés d'une couronne nuageuse. Un profond silence s'installe entre les deux amis tandis qu'ils survolent les premières collines. Puis, soudain, à l'approche d'une ville perchée entre deux sommets, Firepos et Gulkien ralentissent leur allure.

Se tournant vers l'oiseau-flamme,

le loup pousse un grondement sourd. La Bête de Yann lui répond et, d'un même mouvement, les deux créatures piquent vers le sol.

— Hé ! s'écrie Yann. C'est toi qui leur as dit de faire ça ?

Gwen secoue la tête, les sourcils froncés. Pourquoi leurs Bêtes ont-elles soudainement décidé d'atterrir ? Yann n'a pas d'autres choix que de se cramponner au plumage de Firepos tandis qu'elle plonge vers la cité perchée.

Ce lieu est spécial. Il m'attire vers lui. Gulkien l'a senti, lui aussi. Gagné par l'impatience, il montre les crocs et les poils de son dos se hérissent. Du calme, mon frère. Celle qui se trouve ici sait que nous arrivons. Elle nous attend.

— Pourquoi est-ce qu'on atterrit ici ? demande Gwen en posant pied à terre. Le morceau du masque se trouve à une demi-journée de marche.

— Les Bêtes doivent savoir quelque chose qu'on ignore, dit Yann en se laissant glisser du dos de Firepos.

Gwen étudie la carte quelques instants.

— Colton, dit-elle. C'est le nom de ce village.

— On ferait mieux de laisser Gulkien et Firepos ici, dit Yann, pour éviter que la population ne prenne peur.

Gulkien pousse un grondement sourd, mais Gwen le rassure d'une caresse.

— Il a raison, dit-elle. Allez vous cacher, mais pas trop loin : ce village pourrait nous réserver des surprises…

Gulkien s'élance sur quelques mètres puis bondit dans les airs. Firepos le suit aussitôt et les deux Bêtes disparaissent dans les nuages qui surplombent la ville.

— Et maintenant, essayons de découvrir pourquoi ils nous ont conduits ici.

Après avoir escaladé un amas de rochers, Yann et Gwen accèdent à un chemin de terre qui serpente jusqu'au village. Des empreintes de roues et de chevaux attirent leur attention.

— Ces traces sont bien trop étroites pour appartenir à des charrettes de fermiers, dit Yann. Elles ont été faites par des chars de guerre.

— Je ne comprends pas, dit Gwen. Les troupes de Gor n'ont pas pu arriver ici avant nous !

— Peut-être que Derthsin possède plusieurs armées, propose Yann, le visage sombre.

Au moment de passer les portes de la ville, les deux amis s'arrêtent et posent un regard étonné sur ce qui les entoure. Les toits des maisons ont été ravagés par le feu et les murs de pierre portent encore les marques de violents combats.

Un peu plus loin, un groupe de villageois en haillons utilise des cordes pour hisser une grande poutre afin de consolider une charpente disloquée.

— Plus haut ! crie une femme depuis le toit.

Elle saisit la poutre mais se fige subitement à la vue des deux adolescents. Les autres villageois se retournent aussitôt.

Yann lève la main pour les saluer, mais tous continuent de les dévisager en silence. Ils ont les traits tirés et le regard vide. Les yeux de Yann se posent successivement sur la jupe déchirée d'une femme et sur la natte ébouriffée d'une jeune fille avant de revenir à la femme du toit. *Il n'y a que...*

— Des femmes et des enfants, murmure Gwen.

Sur leur passage, la foule chuchote et les observe d'un air soupçonneux. Les deux Cavaliers s'arrêtent un peu plus loin devant une vieille femme qui fouille à genoux un carré de terre en quête de légumes. Son potager a été ravagé par les bottes des soldats. Gwen se précipite vers elle.

— Je vous en prie, dit-elle en s'agenouillant à ses côtés, laissez-moi vous aider à remplir votre panier !

Surprise, la vieille femme essaie de se relever.

— Tenez, prenez-le ! dit-elle en leur tendant son panier de légumes. Prenez tout ce que vous voulez, mais ne me faites pas de mal !

Gwen et Yann échangent un regard horrifié.

— On est là pour vous aider, dit-il. L'armée de Derthsin a aussi attaqué nos villages. Ma grand-mère et tous ceux que je connaissais ont été massacrés…

— Ils ont pris mon petit-fils, Colin, l'interrompt la vieille femme en s'agrippant à son bras. Les soldats sont arrivés en pleine nuit. Ils ont fait sortir les hommes des maisons… et les ont tous tués, continue-t-elle dans un sanglot. Mais les enfants… Ils ont rassemblé tous les garçons en âge de travailler et les ont emmenés avec eux.

Un bras autour de ses épaules, Gwen la réconforte tandis qu'elle sanglote.

Un cri attire soudain l'attention de Yann. Laissant la femme, ils rejoignent la place du village.

Au milieu se trouve un jeune homme de l'âge de Yann. Il brandit une épée et offre un sourire éclatant à la foule qui scande son nom : « Calixte ! Calixte ! Calixte ! » Ses cheveux blonds tombent en boucles sur ses épaules et ses yeux brillent de malice.

— Alors, à qui le tour ? s'exclame-t-il. Qui parmi vous osera me défier ? Le prochain qui s'avance, je m'engage à le combattre une main dans le dos !

— Il a le sens du spectacle, celui-là ! dit Gwen en souriant.

— Un professionnel de la frime, tu veux dire ! réplique Yann. On perd notre temps.

— Alors ? reprend le jeune homme, les bras écartés. Personne n'est assez

courageux ? Je vous fais si peur que ça ? En même temps, je vous comprends...

— Je relève le défi !

Un garçon maigrelet d'à peine neuf ans pénètre dans le cercle, un simple tisonnier à la main.

— Tu as déjà perdu, gamin, ricane Calixte en levant les yeux au ciel. C'est moi, Calixte ! Tu ne peux pas me battre !

— Si, je-je peux, bégaie l'enfant. On a tué mon père et capturé mes frères...

— Et alors ? l'interrompt Calixte. Tu as reçu un coup sur le crâne et tu as perdu la tête ? Sors du cercle, gamin.

— Non, répond l'enfant, la lèvre tremblante. Lorsqu'ils ont pris mon père, il m'a dit que j'étais devenu l'homme de la famille. Alors, je vais te battre pour le prouver !

Peu ému par le discours du garçon, Calixte passe à l'attaque et frappe le tisonnier du plat de son épée. L'arme jaillit dans les airs et atterrit quelques mètres plus loin dans la poussière. D'un coup d'épaule, le jeune homme fait tomber l'enfant au sol puis pose sa botte sur sa poitrine.

Acclamé par la foule, Calixte lève le bras en signe de victoire.

— Retourne chez ta mère, dit-il en ricanant.

Et pendant que l'enfant se baisse pour récupérer le tisonnier, Calixte le repousse dans la foule, d'un coup de pied.

— Tu vois ? dit Yann à son amie. Ce petit prétentieux n'est qu'un lâche !

Le dernier mot prononcé par Yann ne passe pas inaperçu. De tous les regards qui se tournent vers lui, c'est celui de Calixte qui est le plus noir.

Chapitre 5

Une nouvelle Bête

Jouant d'une main distraite avec son épée, Calixte observe Yann des pieds à la tête.

— On dirait que quelqu'un d'autre veut relever le défi !

— Je n'ai pas envie de me battre, réplique Yann.

— C'est bien ce que je pensais, ricane Calixte. À se demander qui est le lâche dans l'affaire…

— J'ai déjà vu trop de combats. Je sais qui sont mes véritables ennemis.

Un sourire gêné sur les lèvres, Calixte

fait signe aux villageois de se taire.

— Comment est-ce que tu t'appelles, étranger ? demande-t-il.

— Yann.

— Yann… répète Calixte. Tu me rappelles quelqu'un… Ah oui, je sais ! J'avais un cochon autrefois : ton portrait craché !

Incapable de dominer sa colère, Yann se fraye un chemin parmi la foule hilare et tire son épée du fourreau.

— Tu es entré dans l'arène, mon ami. Plus personne ne peut venir à ton aide maintenant. Donne-moi ton épée et je te laisserai repartir sain et sauf.

— Viens me la prendre, si tu oses, rétorque Yann en levant sa lame.

Rapide comme l'éclair, Calixte s'empare de la dague fixée à sa ceinture et passe à l'attaque. Un premier coup d'épée, porté sur le flanc gauche de Yann, est paré sans difficulté par le Cavalier, mais Calixte réalise un tour sur lui-même et l'attaque à nouveau, la dague au poing. Dans une tentative pour esquiver le coup, Yann chancelle, déséquilibré.

Il roule sur le côté et se relève aussitôt. Calixte range sa dague et, saisissant son épée à deux mains, s'élance à nouveau sur lui. Le Cavalier bloque l'attaque, esquive un revers et pare une fente sournoise.

Il est meilleur que moi, songe-t-il. *Et il le sait.*

Pour l'attaque suivante, Yann tente une nouvelle tactique : il attend le dernier instant, puis bondit en arrière avec souplesse. Emporté par son élan, Calixte plante son épée dans la boue.

C'est ça ! pense le Cavalier. *Je suis plus rapide que lui. Je vais l'avoir à l'usure.*

Le jeune homme blond charge à nouveau, mais Yann sait ce qu'il doit faire : esquiver et garder ses distances.

— Arrête de bouger ! s'écrie Calixte,

essoufflé. Bats-toi comme un homme !

Calixte enchaîne les attaques, mais ses déplacements se font plus lents. Yann pare avec plus de facilité et parvient même à déchirer la tunique de son adversaire de la pointe de son épée.

Les cris de la foule redoublent de force et Calixte n'est plus le seul à être acclamé.

Vexé, le jeune homme blond se jette sur son adversaire. Yann se prépare à l'impact, les mains crispées sur le manche de son épée. Le choc fait vibrer sa lame si violemment qu'il craint un instant qu'elle se brise. Puis il bondit en arrière et Calixte, déséquilibré, tombe au sol. De la pointe du pied, Yann éloigne l'épée de sa main, puis pose une botte sur sa poitrine.

Les villageois applaudissent à tout rompre.

— Le combat est terminé, dit Yann en essuyant la sueur de son front.

Tournant les yeux vers la foule, il cherche Gwen du regard. Les mains en porte-voix, la jeune fille lui crie quelque chose : « …tion ! »

Yann fronce les sourcils. *Attention ?*

Violemment percuté par derrière, Yann est projeté au sol. Il se rétablit d'une pirouette, mais se retrouve nez à nez avec un énorme félin de la taille de Gulkien. Ses yeux verts brillent de colère et ses crocs acérés dégoulinent de bave. Un vent de panique s'abat sur les villageois et tous s'enfuient en hurlant.

Une Bête !

Yann reste figé par terre sans quitter la créature des yeux. Derrière elle, Calixte l'observe, un sourire narquois sur les lèvres.

— Tu as mis Néra en colère, dit Calixte. Et tu resteras dans la boue aussi longtemps que je le voudrai.

Néra enroule sa queue autour de la taille de Calixte, puis le hisse sur son dos. Le regard de Yann passe de l'un à l'autre. *Cette Bête l'a choisi pour Cavalier ? C'est impossible !*

Yann est en danger, je le sens. Il a été attaqué... par une vieille amie. Je sors des nuages et me pose sur le toit éventré du marché couvert. Je vois Néra. Les liens qui l'unissent à son Cavalier troublent ses sens. Yann n'est plus qu'une proie à ses yeux. J'appelle Gulkien. Nous devons agir... et tout de suite !

Provoquant de nouveaux cris de terreur parmi la foule, Gulkien et Firepos surgissent au milieu de la place. De son bec crochu, l'oiseau-flamme tente d'intimider Néra afin de l'éloigner de son Cavalier. Saisissant une de ses pattes arrière dans sa gueule, Gulkien la soulève dans les airs. Calixte doit se pendre au cou de sa Bête pour ne pas tomber, mais Néra se retourne et assomme le loup ailé d'un revers de la patte. À peine

est-elle retombée au sol que Firepos l'attaque à nouveau, mais le puma géant sort les griffes et l'oiseau-flamme bondit en arrière pour ne pas perdre un œil.

Des murmures parcourent la foule tandis que les trois Bêtes se tournent autour. Après avoir sauté à terre, Calixte regarde Firepos et Gulkien de haut en bas.

— Elles sont mignonnes tes petites bébêtes, dit-il en caressant le museau de Néra. Mais je t'avouerai que je préfère de loin en avoir une qui sache vraiment se battre.

Comme pour illustrer son propos, Néra sort une de ses griffes et la pose sur la poitrine de Yann, toujours allongé au sol. Mais Firepos pousse un cri de colère et le félin éloigne sa patte du jeune homme.

Surtout, ne te méprends pas. Néra est une amie, lui explique l'oiseau-flamme par la pensée.

Alors pourquoi son Cavalier se comporte

en ennemi ? réplique Yann.

— Tout va bien ? lui demande Gwen en l'aidant à se relever.

Mais avant que Yann ne puisse répondre, Calixte éclate de rire.

— On n'en a pas fini, toi et moi. Grimpe sur ta Bête et voyons qui mérite de gagner.

— Quand tu veux ! s'écrie Yann. Je suis prêt.

Gwen lui saisit le bras.

— Arrête, c'est idiot ! On a d'autres choses plus importantes à faire. Tu crois vraiment que le masque et Derthsin peuvent attendre ?

— Laisse-moi d'abord effacer ce sourire arrogant de son visage, insiste Yann en fuyant le regard de la jeune fille.

Et, tirant son épée, il saute sur le dos de l'oiseau-flamme.

— Montre-lui de quoi on est capables, Firepos !

Avec un cri perçant, la Bête bondit

dans les airs et survole Néra qui décrit des cercles sur la place. Du bout de la patte, l'énorme félin tente de toucher la queue de l'oiseau-flamme lors d'un de ses passages.

Je vire de bord pour l'éviter. Ce combat n'est qu'un jeu, Néra et moi ne nous ferons aucun mal. Mais les garçons ont tant de colère en eux ! Ils ont besoin de l'extérioriser d'une façon ou d'une autre.

— Espèce de lâche ! ricane Calixte en pointant son épée vers Yann. Tu crois vraiment faire tes preuves en restant à distance comme ça ?

D'une pression des genoux, Yann indique à Firepos de se poser au sol. Les deux garçons se fixent du regard. Puis Calixte se couche sur l'encolure de Néra et la Bête s'élance vers l'oiseau-flamme et son Cavalier. Le jeune homme blond brandit son épée devant lui et pousse un cri de guerre.

— Maintenant, Firepos ! s'écrie Yann.

L'oiseau-flamme fuse à la rencontre de Néra et les deux garçons se préparent à la collision, l'épée au poing. Les lames s'entrechoquent dans une pluie d'étincelles. L'épée de Calixte s'envole dans les airs et retombe un peu plus loin dans la poussière.

— Tu as perdu ! s'exclame Yann.

Surpris, Calixte cache son malaise derrière un sourire moqueur.

— J'ai toujours Néra ! réplique-t-il avant de lancer sa Bête dans une nouvelle charge.

Mais un terrible rugissement résonne à travers la place et Gulkien surgit dans le ciel. Les yeux fermés, Gwen communique un instant avec son loup, puis s'élance vers les garçons.

— Arrêtez le combat ! Le village est attaqué !

Chapitre 6

Rivalités

Gulkien lance un cri d'alerte. Des varkules envahissent déjà la place. J'appelle Néra. Il est temps de s'allier pour combattre nos véritables ennemis.

La foule s'éparpille en hurlant.
— Capturez les femmes et les enfants ! ordonne l'un des soldats qui montent les varkules. Tous ceux capables de travailler !

Ni les soldats ni leurs montures ne voient Gulkien s'approcher jusqu'à ce que l'ombre du loup les recouvre.

Repliant ses ailes de chauve-souris, il leur tombe dessus, toutes griffes dehors. Non loin de là, Gwen observe son loup, le visage livide. Elle tire sa rapière et plonge à son tour dans la bataille.

Yann survole la place à basse altitude. Sur son passage, deux soldats tombent de selle, la poitrine tailladée par un coup d'épée. Paniqués par la présence des Bêtes, les varkules se cabrent et manquent de jeter leurs cavaliers à terre.

— Faites demi-tour ! hurle le chef des soldats. Sonnez la retraite !

Tandis que la place se vide de ses assaillants, Yann atterrit près de Néra et Gulkien.

Le visage blême, Calixte fixe le cadavre du chef des soldats, puis pose son regard sur Yann.

— Nous n'aurions jamais dû nous battre, dit-il à Calixte. Les Cavaliers et leurs Bêtes doivent faire équipe pour combattre Derthsin.

Calixte éclate de rire.

— Faire équipe avec toi ? Tu plaisantes !

— Écoute-le, Calixte, intervient Gwen. Si Derthsin arrive à ses fins, plus personne ne sera à l'abri. Il sèmera la destruction dans tout Avantia.

— Si on ne l'arrête pas, ajoute Yann, personne ne le fera à notre place.

— Tu n'arrives même pas à *me* battre, rétorque Calixte. Qu'est-ce qui te fait croire que tu pourras battre Derthsin ?

— Je t'ai battu, rappelle-toi, répond Yann d'une voix égale.

— Vous allez arrêter tous les deux ? intervient Gwen.

— Les hommes de Derthsin ont tué ma grand-mère. Ils…

— C'est bien triste, l'interrompt Calixte tout en s'éloignant. Mais des grands-mères, il en meurt tous les jours, tu sais…

Fou de rage, Yann percute Calixte par derrière. Les deux garçons roulent dans la poussière mais Calixte se libère d'un coup de pied et se relève d'un bond.

— Tu n'es intéressé que par ta petite personne ? siffle Yann en essuyant un filet de sang au coin de sa lèvre. Des habitants de ton propre village ont été capturés et ça n'a aucune importance à tes yeux ?

— Bien sûr que ça en a, répond Calixte, visiblement mal à l'aise.

— Tu as été choisi par Néra, continue Yann, toi et pas un autre ! Tout comme Gwen et moi l'avons été par nos Bêtes.

— Pense à tout ce qu'on pourrait accomplir ensemble ! ajoute Gwen avec entrain.

Firepos pousse un cri strident à l'intention de Néra. Le félin bascule la tête en arrière et lui répond par un rugissement joyeux.

— Il y a quelque chose que je ne comprends pas, dit Yann. Pourquoi les hommes de Derthsin ne t'ont pas capturé avec les autres adolescents ?

— Je... Je choisis moi-même mes combats, répond Calixte en gonflant la poitrine. Et je ne me lance dans la bataille que quand *je* l'ai décidé.

— Qu'est-ce que ça veut dire ? demande Gwen, les sourcils froncés.

— Ça veut dire que je suis malin, dit-il en prenant soin d'éviter son regard. C'est pour ça qu'ils ne m'ont pas eu. Quoi qu'il en soit, on doit se mettre en route si on veut libérer les autres.

— Tu te joins à nous, alors ? demande Gwen.

— Celui-là respire encore ! s'écrie soudain une femme penchée sur le cadavre d'un varkule.

Un soldat gravement blessé se tient sous le corps inerte.

— Il pourra peut-être nous apprendre quelque chose, dit Gwen en courant vers l'homme.

— Qui vous envoie ? lui demande-t-elle en s'agenouillant près de son visage ensanglanté.

— Pourquoi je te dirais quoi que ce soit, *gamine* ?

D'un geste vif, Gwen tire sa rapière et applique la pointe sur la gorge de l'homme.

— Parce que cette *gamine* se tient entre vous et la mort, siffle-t-elle.

— D'accord, d'accord, balbutie le soldat. Je travaille pour le général Gor dans les Mines Cachées.

— C'est faux ! intervient Calixte. Ça fait des lustres que ces mines sont abandonnées !

— Je ne mens pas. On creuse dans ces souterrains depuis le début de l'hiver.

— Vous cherchez quoi ? demande Yann.

— Du minerai de fer. Le général veut agrandir son armée et fournir aux soldats l'équipement nécessaire. C'est pour ça que le capitaine Brutus a besoin d'esclaves pour creuser jour et nuit et pour travailler à l'armurerie.

D'un signe de tête, Yann prend ses amis à part.

— Tu es déjà allé dans ces mines ? demande-t-il à Calixte.

— Pas à l'intérieur, mais je sais où elles se trouvent.

— Tu pourrais nous montrer ? dit Gwen en déroulant la carte d'Avantia.

— Il faut remonter cette vallée… C'est ici ! dit-il en posant son doigt au pied de trois sommets.

Gwen échange un regard avec Yann.

— C'est également là que se trouve le masque, lui chuchote-t-elle.

— Et grâce à Gaël, Derthsin le sait aussi maintenant, dit Yann.

— Qui est Gaël ? demande Calixte. Quel masque ?

Gwen pousse un long soupir.

— Gaël est mon frère. C'est une fine lame… mais il n'est pas aussi doué que toi, ajoute-t-elle en lançant un clin d'œil discret à Yann.

Le compliment n'est pas tombé dans l'oreille d'un sourd : un large sourire illumine le visage de Calixte. *Elle essaie de l'amadouer en flattant son ego*, réalise Yann. *Pas bête.*

— Il nous a trahis, continue-t-elle. Il aide notre ennemi dans sa quête du masque.

— Le Masque de la Mort, précise Yann. Il a été brisé en quatre morceaux cachés d'un bout à l'autre du royaume. Si Derthsin arrive à les rassembler, il aura le pouvoir de contrôler les Bêtes d'Avantia.

Calixte siffle entre ses dents.

— On dirait que vous allez avoir besoin d'un héros, dit-il. Et puis, si un combat se présente, il faudra bien que quelqu'un vous montre l'exemple !

— C'est rassurant de te savoir à nos côtés, dit Yann en se forçant à sourire.

Qu'il l'apprécie ou pas, Calixte est un Cavalier. Leurs destins sont entremêlés…

Chapitre 7

Les Mines Cachées

— Qu'est-ce qu'on attend ? s'écrie Calixte en sautant sur le dos de sa Bête.

Le museau de Néra est zébré de rayures sombres et son pelage couvert de taches rousses et dorées.

Alors qu'elle s'apprête à bondir dans les airs, Gwen demande :

— Calixte, il n'y a personne à qui tu souhaiterais dire au revoir ?

Le jeune homme blond se raidit.

— Non, personne, dit-il sèchement.

Gulkien et Firepos prennent leur

envol et leurs ombres dansent encore quelques instants au-dessus de la place du village. Néra prend la tête du petit groupe, bondissant de rochers en rochers pour rejoindre la vallée menant vers les Mines Cachées. Yann n'a jamais vu de Bête se déplacer aussi vite !

Néra fonce vers une rivière, puis revient sur ses pas en moins de temps qu'il en faut à Gwen et Yann pour parcourir la même distance.

— Je parie que vos Bêtes ne peuvent pas voler aussi vite ! les défie Calixte.

— Bien sûr que si ! réplique Yann, trop vexé pour admettre la vérité.

— Alors, prouve-le !

— Attendez vous deux… intervient Gwen. Regardez !

Une chaîne de trois sommets se détache devant eux, sombres et menaçants. De leurs versants s'échappent des volutes de fumée. *Il s'agit sûrement de l'armurerie,* songe Yann. À mi-hauteur du sommet le plus proche, il repère une ouverture bordée de poutres en bois.

Néra s'élance vers l'entrée de la mine.

— Le premier arrivé a gagné ! s'écrie Calixte.

— Attends ! hurle Yann. Ce n'est plus le moment de jouer !

Firepos plonge aussitôt à la suite du félin. Cramponné aux plumes de l'oiseau-flamme, Yann voit le sol se rapprocher. Au dernier moment, Firepos se redresse et atterrit en douceur près de l'ouverture. Néra la rejoint l'instant d'après, suivie de peu par Gulkien.

— Impressionnant, dit Calixte. En tout cas, on peut dire que ton oiseau sait plonger !

— Chut ! l'interrompt Yann. Cet endroit est dangereux. On doit rester discret.

Tandis qu'ils s'approchent de l'entrée, les trois amis entendent des coups métalliques et une voix grave aboyer des ordres inintelligibles.

— Je vais aller jeter un coup d'œil, murmure Yann.

— On devrait tous y aller, dit Gwen. Gaël est peut-être à l'intérieur.

— Non, c'est trop risqué. Il vaut mieux qu'une seule personne parte en reconnaissance pour qu'on puisse préparer un plan.

— D'accord, dit Gwen. On t'attend ici avec les Bêtes. Sois prudent.

Plongé dans le noir, Yann avance dans le souterrain. Ses yeux s'acclimatent peu à peu à l'obscurité. Pendant qu'il progresse, l'odeur de soufre s'intensifie. Soudain, une lumière vacille au loin et, à quelques mètres de là, le passage s'ouvre sur une vaste caverne.

— Plus vite ! hurle une grosse voix.

Yann rampe jusqu'à un rocher qui surplombe l'armurerie. Au milieu de la caverne, de vieux fourneaux, dont les cheminées grimpent jusqu'à la voûte, ont été installés dos à dos. De jeunes garçons au visage épuisé travaillent à la chaîne. Certains poussent des brouettes de charbon qu'ils utilisent pour alimenter le feu des fourneaux, d'autres actionnent d'énormes soufflets pour attiser les braises tandis que d'autres encore versent le métal en fusion dans des moules en pierre. Ceux à qui il reste suffisamment de forces se chargent ensuite de frapper le métal encore chaud sur des enclumes.

Yann distingue une rangée de cages en bois suspendues au fond de la caverne. Derrière les barreaux, le reflet de plusieurs paires d'yeux transperce l'obscurité.

Des gardes en armure patrouillent au milieu des esclaves, de lourdes massues à la main.

— Ramasse ça ! aboie un garde à un garçon qui vient de renverser un peu de charbon.

— Qui a désobéi ? interroge une voix grave.

L'homme dépasse tous les soldats d'une tête et son armure est recouverte de petites traînées rougeâtres. *Du sang,* devine Yann. Il tient un long fouet noir dans sa main.

— Capitaine Brutus, dit le garde. Je crois que ce morveux ferait un bon candidat pour les cages...

D'un geste rapide du poignet, Brutus fait claquer son fouet vers le visage du garçon puis se retourne en direction des adolescents qui observent la scène sans un mot.

— Reprenez le travail ! Ou le troyden rongera vos os avant la tombée de la nuit !

Tous se remettent à la tâche.

— Enferme ce gamin dans une des cages ! dit Brutus en pointant son fouet vers le garde. On vient d'y ajouter une nouvelle fournée de serpents ! Ils seront ravis de faire ta connaisssssance, ajoute-t-il en sifflant à l'oreille de l'adolescent.

Le souffle court, Yann doit serrer les poings pour ne pas intervenir. Il décide finalement de visiter les autres souterrains. Après quelques minutes, il remarque que l'atmosphère se rafraîchit. *Je dois m'éloigner de l'armurerie et descendre vers les profondeurs de la mine.*

Il débouche près d'un escalier taillé dans la pierre. Au palier suivant, des torches projettent des ombres rouges sur la paroi faisant face à une ouverture voûtée.

— Nos ennemis se rapprochent, dit une voix ressemblant à un bruissement de feuilles mortes. Je les *sens* tout près.

Le cœur battant la chamade, Yann jette un coup d'œil dans la petite caverne. À l'intérieur se trouvent le général Gor, vêtu de son armure noire, le capitaine Brutus ainsi qu'une troisième personne enveloppée d'une cape sombre. Vendrake. Les trois hommes s'adressent à une silhouette cachée dans les flammes d'un grand feu. Derthsin. *Où est-il ? se demande Yann. Pourquoi se sert-il de ces visions pour donner ses ordres ?*

— Ce ne sont que des enfants, dit le général Gor avec dédain.

— Peut-être bien, siffle Derthsin, mais ils possèdent des alliés puissants. Et je crains qu'ils n'en aient trouvé un troisième.

— Au moins, le jeune garçon est revenu vers nous, comme vous l'aviez prévu.

— Les êtres jaloux sont facilement manipulables, ricane Derthsin. Il suffit d'appuyer là où ça fait mal.

— Vendrake l'a forcé à nous révéler où continuer nos recherches, ajoute Gor.

— Nous ne devrions pas tarder à trouver le deuxième morceau du masque, précise le capitaine Brutus.

— Et que devons-nous faire de l'enfant ? demande Vendrake.

— Il n'a plus d'utilité. Donnez-le en pâture au troyden.

Yann en a suffisamment entendu. Il fait demi-tour et remonte vers la surface où ses deux amis l'attendent cachés derrière un rocher.

— Alors ? demande Calixte.

Yann remplit ses poumons d'une bouffée d'air frais.

— Ils fabriquent des armes et des armures, explique-t-il. Les garçons sont réduits en esclavage.

— Et Gaël ? demande Gwen.

— Il leur a dit où chercher le masque, mais… ils prévoient de le tuer dès qu'ils l'auront trouvé.

— Et les garçons ? demande Calixte.

— Ils ont l'air affamés et épuisés, répond Yann d'une voix tremblante. Ils sont régulièrement battus et certains sont même emprisonnés dans des cages avec des serpents.

— Enfermés comme des animaux ! s'exclame Calixte. J'ai grandi avec tous ces garçons… Je devrais être avec eux…

Tremblant de rage, il se met à frapper le rocher de son poing.

Mes plumes frissonnent face à ce déchaînement de colère. Calixte porte un lourd secret. Il me suffit de regarder le visage de Néra pour le savoir. Je ferme les yeux et m'ouvre à l'esprit du jeune homme. Son âme est envahie par un sentiment... de culpabilité. Que nous cache-t-il ?

Calixte tire son épée.

— Il ne faut pas perdre une minute. On doit les délivrer !

Yann le retient par l'épaule.

— Écoute-moi. On va les sauver, je te le promets ! Mais on ne peut pas y aller comme ça. On doit réfléchir à un plan. Je ne veux pas me contenter de libérer les garçons et de récupérer le masque. On doit aussi détruire l'armurerie pour qu'il n'y ait plus d'armes. Et pour ça, il faut qu'on réussisse à entrer sans se faire repérer.

— Génial, dit Calixte, sarcastique.

Et comment ?

— En se déguisant ! suggère Gwen. Si on se fait passer pour des prisonniers, on pourra se mêler aux autres sans éveiller l'attention des gardes. On n'aura plus qu'à les libérer et à trouver un moyen de détruire l'armurerie.

— Comme si c'était aussi simple, soupire Calixte.

— C'est un bon plan, dit Yann en tapotant l'épaule de Gwen. Maintenant, on va leur faire payer tout ça.

Chapitre 8

L'attaque

Yann ramasse une poignée de terre et l'étale sur son visage et ses vêtements. Calixte et Gwen l'imitent, puis déchirent leurs tuniques pour leur donner l'aspect de haillons.

— Vous en pensez quoi ? demande Yann.

— Il t'en faudrait un peu plus, là, dit Calixte en traçant un trait sombre sur son front.

Yann éclate de rire, puis lui jette une motte de terre en plein visage.

— Et moi, ça donne quoi ? demande Gwen.

Yann l'examine un instant.

— C'est parfait. Sauf ça, dit-il en montrant ses longues tresses blondes.

— Ça n'est pas vraiment un problème, dit Calixte en tirant son épée.

— Non ! s'écrie-t-elle en reculant. Je ne te laisserai pas me couper les cheveux !

D'un geste vif, Gwen relève le col de sa tunique et glisse ses tresses à l'intérieur.

— Voilà. Et puis, il fait sombre dans la mine, non ? On ne verra rien.

— C'est de la folie, dit Calixte en secouant la tête. S'ils voient qu'il y a une *fille* parmi nous…

— Je vous accompagne, l'interrompt Gwen d'une voix ferme. Ils ont attaqué mon village et détiennent mon frère. Ce combat est aussi le mien !

— Elle vient avec nous, dit Yann. Gwen se bat mieux que tous les *garçons* que je connais.

Calixte hausse les épaules et se dirige vers l'entrée de la mine. Mais Néra bondit en travers de son chemin.

— On sera prudents, je te le promets, lui dit son Cavalier.

Mais Néra ne bouge pas. Et lorsque Calixte tente de la contourner, elle pousse un long rugissement. Provoquée par la puissance de son cri, une avalanche de rochers dévale les versants de la montagne.

— C'est ça ! s'écrie Yann. Calixte, tu crois que Néra pourrait faire s'effondrer la caverne sur l'armurerie ?

— C'est possible, répond Calixte avant de se pencher vers le félin. Néra, grimpe au sommet de la montagne. Là-haut, si tu rugis de toutes tes forces, la montagne ne résistera pas. Laisse-nous juste un peu de temps pour libérer les autres.

Néra hésite un instant. Elle se tourne vers Firepos et Gulkien puis plonge à nouveau son regard dans celui de Calixte.

— Merci, lui souffle son Cavalier.

D'un bond, elle grimpe sur le versant et commence à escalader la roche.

— Tu crois vraiment que Néra réussira à faire s'effondrer la caverne ? lui demande Gwen.

— Tu as vu de quoi elle est capable, répond Calixte avec fierté. Et encore, c'était pas grand-chose. Mais de là-haut, si elle donne tout ce qu'elle a…

— C'est notre meilleure chance, dit Yann. Maintenant, allons-y !

Nous regardons nos Cavaliers disparaître dans la mine. Mon cœur les accompagne. Le spectre de la mort se rapproche. Gulkien renifle l'air, comme s'il l'avait senti, lui aussi. Espérons que le destin épargnera nos Cavaliers…

Allongés à plat ventre sur le rocher surplombant la caverne, Gwen et Calixte découvrent les conditions de travail des prisonniers.

— Ils sont si maigres ! murmure Gwen, horrifiée.

Calixte serre les poings et les muscles

de sa mâchoire se contractent sous la colère. Au même instant, le capitaine Brutus fait claquer son fouet près du visage d'un jeune homme brun.

— Plus vite ! hurle Brutus. Finis cette hache avant mon retour ou je te coupe une oreille.

— Ou-oui, balbutie l'adolescent.

Tournant le dos aux trois Cavaliers, le capitaine s'éloigne. C'est leur chance ! Yann contourne le rocher et rampe lentement en direction des prisonniers...

— Maintenant ! dit Calixte en s'élançant vers un des fourneaux.

— Calixte ! s'écrie Yann à mi-voix.

Il est trop tard pour le retenir. Saisissant la main de Gwen, il se lance à sa suite en prenant soin de rester courbé. Un garde se tourne lentement vers eux. Calixte se fige en pleine course, bien en évidence. Avant qu'il ne se fasse repérer, Yann l'entraîne furtivement vers une des forges et lui donne un marteau.

Il en ramasse un autre et, après avoir posé son épée sur l'enclume, fait signe à Calixte de frapper la lame avec lui. De son côté, Gwen comprend le message et fait la même chose.

Entre deux coups de marteau, Yann compte le nombre de gardes. Deux soldats font le gué près des cages et sept autres surveillent le reste des prisonniers. Mais les garçons sont cinq fois plus nombreux qu'eux...

— Qui êtes-vous ? demande le jeune homme brun en s'approchant de Yann. Vous êtes venus nous libérer ?

Une lueur d'espoir brille dans ses yeux.

Avant que Yann ne puisse répondre, la rumeur se propage parmi les adolescents et le bourdonnement des voix finit par attirer l'attention de Brutus.

— Pas de bavardage ! aboie le capitaine. Ou je vous cloue la langue au mur !

Tous se remettent aussitôt à la tâche.

— Oui, on va vous sortir d'ici, chuchote Yann lorsque Brutus se retourne enfin. Mais surtout, faites comme si de rien n'était !

— Je m'appelle Colin, lui dit le garçon brun dans un murmure.

— Colin ? répète Gwen. De Colton ? Ta grand-mère nous a parlé de toi !

Les yeux du jeune homme se remplissent de larmes.

— Ma grand-mère est vivante ?

— Chut ! le coupe Calixte. Moins de bruit ! ajoute-t-il avant de se tourner vers Yann. Bon, quel est le plan?

— Calixte et moi, on s'occupe du capitaine Brutus. Gwen, tu ouvres les cages. Colin, les prisonniers et toi, vous attaquez les gardes pour lui laisser le champ libre.

— Compris, répond Colin avec enthousiasme. Et on fait quoi pour ceux qui sont partis creuser dans les nouveaux souterrains ?

— Je m'en charge, dit Yann.

Près des cages, le capitaine Brutus s'amuse à tourmenter les prisonniers en faisant claquer son fouet entre les barreaux. Puis il fait demi-tour et reprend sa ronde en direction des fourneaux. Yann sent les battements de son cœur s'accélérer.

— Faites passer les armes !

Colin lui répond par un signe de tête et pioche dans les râteliers d'armes pour distribuer des épées aux prisonniers.

— Toi ! dit le capitaine Brutus en pointant son fouet vers Colin. Tu as terminé cette hache ou tu me dois une oreille ?

Le capitaine Brutus n'est plus qu'à quelques mètres.

Yann fait signe à Calixte, puis brandit son épée.

— À l'attaque !

Chapitre 9

Renforts

L'épée au poing, Yann plonge vers le capitaine, mais la lame glisse sur son épais plastron. D'un puissant coup de pied dans l'estomac, Brutus l'envoie buter contre Calixte.

— Lâchez vos armes, dit-il, et je me contenterai de vous couper une main. Je vous laisserai même choisir laquelle !

Brutus enroule la lanière de son fouet autour de la botte de Calixte et, d'un geste vif, le fait tomber au sol. Levant son épée, Yann s'apprête à contre-attaquer, mais le capitaine le prend de vitesse et il sent la morsure cuisante du cuir autour de son poignet.

Toujours étendu aux pieds du capitaine, Calixte tire la dague de sa ceinture et la plante dans le pied de Brutus. Hurlant de douleur, le capitaine lâche son fouet, permettant ainsi à Yann de se libérer.

Trois gardes armés de massues s'avancent vers Gwen. L'un d'eux tient un varkule en laisse. Tirant une paire de hachettes de sa ceinture, la jeune fille se précipite sur le garde le plus proche. Tandis que la première hache fauche sa massue, elle lance la seconde vers sa tête.

— Aidez-moi ! lance-t-elle à Colin. On est là pour vous sortir d'ici, mais on ne peut pas faire ça sans vous !

Les prisonniers ont enfin l'air de se réveiller. Ils brandissent leurs armes et se lancent dans la bataille en poussant des cris de rage. Surpris par cet assaut soudain, le varkule se cabre, mais il est rapidement mis en pièces sous une avalanche de coups. Terrifiés par ce qu'ils viennent de voir, les autres gardes s'enfuient sans demander leur reste.

— Vite ! crie Yann en voyant Gwen s'attaquer aux barreaux de la première cage. On doit se rendre aux nouveaux souterrains avant qu'il ne soit trop tard !

Poussé contre la paroi de la caverne, l'épaule en sang, Calixte brandit son épée à deux mains tandis que le capitaine Brutus clopine vers lui.

— Je n'en ai pas encore fini avec toi.
— Hé ! Brutus !

Perché sur un wagon de charbon, Yann attend que le capitaine se retourne pour bondir vers lui les deux pieds en avant. Percuté en pleine poitrine, Brutus bascule en arrière et, sous le choc, son plastron se détache.

Un bruit de craquement s'élève du fond de la caverne : Gwen est venue à bout de la première cage ! Colin et ses camarades se précipitent à ses côtés pour libérer les autres prisonniers.

Alertés par le bruit des combats, de nouveaux gardes, armés d'épées et de boucliers, envahissent la caverne. Le capitaine Brutus se relève, mais son plastron finit de se détacher et tombe au sol.

— Tuez-les ! hurle-t-il aux nouveaux arrivants. Ce ne sont que des gosses ! Réduisez-les en miettes !

— On ne pourra pas les retenir longtemps ! crie Gwen en direction de Yann.

— Vous ne pouvez pas gagner, ricane Brutus.

— Vous n'avez encore rien vu, rétorque Calixte avant de se tourner vers Yann. Où sont Firepos et Gulkien ?

Bien sûr ! songe Yann. Le tunnel d'accès est étroit, mais les Bêtes pourraient tout de même réussir à se faufiler. *Ça vaut le coup d'essayer.*

J'entends un cri monter des entrailles de la montagne. Les Cavaliers nous appellent à l'aide. Gulkien bondit vers l'entrée de la mine. Les ailes repliées sur mon flanc, je plonge dans l'obscurité à sa suite. Au loin résonnent des cris et le bruit d'épées qui s'entrechoquent. Le tunnel s'élargit. Je déploie mes ailes et pousse un cri strident.

Dans un rugissement féroce, Gulkien se jette sur un soldat et le met en pièces. Une boule de feu apparaît entre mes serres et les gardes se transforment en torches vivantes.

Tremblez, je suis Firepos, votre pire cauchemar !

Brutus éclate d'un rire dément puis se dirige vers un râtelier d'armes. La présence des Bêtes ne semble pas du tout l'inquiéter. Saisissant une lourde masse hérissée de pointes, il pose son regard sur ses deux adversaires.

— Alors, qui veut mourir en premier ?

Calixte attaque et enchaîne ses meilleures bottes de sorte que le capitaine n'a d'autres choix que de reculer vers le fond de la caverne.

— Calixte, fais-moi la courte échelle ! lui souffle Yann.

Le jeune homme comprend aussitôt et s'accroupit pour créer une sorte de tremplin. Yann court sur quelques mètres, prend appui sur le dos de Calixte et envoie un formidable coup de pied dans la mâchoire de Brutus. Le capitaine s'écroule par terre, à moitié sonné.

Avec un cri de rage, Calixte plonge son épée dans le poitrail de Brutus. Il s'éloigne du cadavre et nettoie sa lame avec une grimace de dégoût.

— Pour les hommes de Colton, dit-il.

Gulkien et Firepos encerclent les derniers soldats qui s'empressent de jeter leurs armes en signe d'abandon.

— On a réussi ! s'exclame Calixte.

Gwen échange un regard sombre avec Yann. Elle pense la même chose que lui.

Tout n'est pas fini.

Chapitre 10

Le troyden

— Calixte, dit Yann. Dépêchez-vous de rejoindre la surface avant que d'autres gardes ne débarquent.

— Et toi, tu vas où ?

— Je dois récupérer l'autre morceau de masque, dit Yann avant de se tourner vers Colin. De quel côté sont les nouveaux souterrains ?

Le jeune homme secoue la tête, terrifié.

— Tu ne dois pas y aller ! C'est là que vit le troyden !

— Je n'ai pas le choix, dit Yann.

D'un doigt tremblant, Colin indique le souterrain où sont parqués les wagons de charbon.

— Il faut descendre le long des rails.

Yann grimpe à l'intérieur du premier wagon. Il est retenu par une corde fixée à une poulie. Alors qu'il lève son épée pour la trancher, Gwen retient son bras.

— Tu ne sais pas ce qui t'attend en bas.

— Au contraire, dit-il. Et c'est pour ça que je dois y aller. On ne peut pas laisser Derthsin s'emparer du deuxième morceau de masque.

Gwen saute à ses côtés.

— Moi aussi, j'ai quelque chose de précieux en bas. Mon frère.

Yann aimerait la dissuader, mais ils n'ont pas le temps de se disputer.

— Si tu entends de nouveaux gardes arriver, dit-il à Calixte, donne à Néra l'ordre d'ensevelir l'armurerie.

— Mais vous serez encore à l'intérieur !

— Comme tous les ennemis d'Avantia, dit Yann. Promets-moi que tu le feras !

Calixte hoche la tête, le visage grave.

— Bonne chance.

D'un coup d'épée, Yann tranche la corde. Le wagon s'engouffre dans le tunnel et les deux amis s'enfoncent dans les profondeurs de la montagne.

— C'est quoi le troyden ? demande Gwen.

— Une sorte de Bête, j'imagine, dit Yann en repensant à la frayeur des prisonniers.

Soudain, le tunnel s'élargit et une faible lueur apparaît au bout. Au loin, Yann entrevoit une masse sombre en travers des voies. Ce sont d'autres wagons, à l'arrêt. La collision est inévitable.

— Attention !

Sous le choc, ils sont violemment projetés contre la paroi avant du wagon.

— Bel atterrissage, murmure Gwen avec un petit sourire.

Après avoir détaché une des torches qui éclairent le souterrain, les deux amis continuent d'avancer. La mine semble abandonnée. Des pelles traînent encore çà et là et les wagons ne sont qu'à moitié remplis.

Yann remarque que les parois du tunnel sont couvertes d'entailles gigantesques, trop larges pour être celles de pioches. Elles semblent presque… naturelles.

Au-delà, le souterrain se divise en plusieurs bras, tous plongés dans l'obscurité.

— Comment savoir quel est le bon ? s'interroge Gwen.

Yann fait quelques pas dans le premier, mais ne voit ni n'entend quoi que ce soit. Il entre alors dans le suivant et Gwen visite ceux situés à l'opposé. Alors qu'il est sur le point de perdre espoir, la jeune fille l'appelle.

— Par ici ! J'ai entendu quelque chose !

Tout près, on peut percevoir le bruit

d'une machine broyant la roche. Les deux amis s'élancent aussitôt dans le tunnel. Le bruit comme la lumière s'intensifient à mesure qu'ils progressent et Yann finit par se débarrasser de sa torche devenue inutile.

Des mouvements attirent soudain leur attention.

— Pourtant, j'ai fait tout ce que vous m'avez demandé ! gémit une voix.

Gwen étouffe un petit cri. *Gaël*.

Passant à quelques mètres d'eux, le général Gor tient fermement son frère. Quatre gardes le suivent de près et Vendrake ferme la marche.

— Le problème avec les traîtres, dit Gor, c'est qu'on ne peut pas leur faire confiance.

— Je vous ai tout dit sur la carte et même davantage ! Je, je... Je connais d'autres secrets ! ajoute-t-il d'une voix désespérée.

Le général secoue la tête avec une

grimace de dégoût.

— Décidément, tu n'es qu'un lâche. Tu ne mérites pas de vivre.

Gwen se précipite vers eux avant que Yann ne puisse la retenir.

— Lâchez mon frère ! s'écrie-t-elle.

Les hommes font volte-face et les gardes tirent leurs épées.

— Par où êtes-vous entrés ? demande sèchement le général. Où est Brutus ?

— Votre capitaine est mort, répond Yann. Et bientôt, l'armurerie sera totalement ensevelie sous la montagne. Vous avec !

Le Guerrier Dragon éclate d'un rire cynique.

— Cette armurerie n'a aucune valeur ! dit-il. Derthsin aura bientôt ce qu'il souhaite, ainsi qu'une armée dont la puissance dépasse tout ce que vous pouvez imaginer !

Écartant un pan de sa cape, le général leur montre le second morceau de

masque, pendu à sa ceinture. Juste à côté se trouve celui que Gaël leur a dérobé.

— Plus rien ne peut arrêter mon maître. Sa puissance grandit à chaque seconde.

Sous l'effet de la colère, le sang de Yann bouillonne dans ses veines.

— Il reste deux morceaux à trouver, dit Gwen. Et c'est nous qui avons la carte !

— Tu peux garder ta carte, gamine ! réplique Gor. Ton pleurnichard de frère nous a déjà dit où chercher.

Se tournant vers un des gardes, il ajoute :

— Conduisez ce traître au troyden. Il appréciera de manger autre chose que de la terre. Débarrassez-vous de ces deux gosses !

Le Guerrier Dragon s'éloigne dans les profondeurs du tunnel, suivi de près par le soldat et par Gaël, qui lance un regard désespéré à sa sœur.

Gwen et Yann reculent lentement, leurs épées brandies devant eux.

— Trois contre deux, ricane un des soldats. On va bien s'amuser.

À force de reculer, Yann finit par rejoindre l'endroit où il a abandonné sa torche.

— Prête ? murmure-t-il à Gwen.

— Toujours.

D'un habile coup de pied, le jeune homme lance la torche enflammée à la tête d'un des gardes. Avec un cri de surprise, le soldat se jette sur le côté et bouscule son voisin.

— Espèce de crétin !

Yann fend l'air de son épée et dessine une longue balafre sur le visage du garde. Celui-ci pousse un hurlement de douleur et s'éloigne en chancelant. Posant un genou à terre, Gwen esquive un coup de taille, tire une hachette de sa ceinture et la plante dans la cuisse de son adversaire.

— On dirait que la chance tourne en notre faveur, dit Yann avec un sourire en coin.

Les yeux écarquillés, le dernier soldat réfléchit un instant, puis choisit de prendre ses jambes à son cou.

Gwen et Yann le laissent partir et se lancent à la poursuite du général Gor. Alors qu'ils descendent vers les profondeurs de la mine, un martèlement de sabots parvient soudain à leurs oreilles. Monté sur son étalon, le Guerrier Dragon surgit face à eux et les dépasse en trombe. Les deux jeunes gens le regardent s'éloigner, les deux morceaux du masque fixés à sa ceinture. Yann sait pertinemment qu'il est inutile de le suivre. Varlot est bien trop rapide pour eux.

— Allons chercher Gaël, dit-il à Gwen en indiquant le tunnel d'où est sorti le général.

Quelques mètres plus loin, ils tombent

sur un soldat penché au-dessus d'une énorme cavité. Les deux amis se jettent sur lui et le poussent dans la fosse.

Le garde dévale la pente abrupte et atterrit au fond de la cavité. Gaël est là, lui aussi, roulé en boule et le corps secoué de sanglots. Aussitôt relevé, le soldat se jette sur la paroi et tente de l'escalader, en vain.

Des ombres qui baignent l'autre extrémité de la fosse émerge une silhouette menaçante.

Le troyden.

La Bête ressemble à une énorme limace dotée d'une vingtaine de tentacules dont les extrémités s'ouvrent sur une bouche monstrueuse pleine de dents pointues.

L'une des têtes du troyden heurte la paroi de la fosse et ses mâchoires se mettent immédiatement à broyer la roche. Yann réalise alors à quoi correspondent les entailles observées dans le souterrain.

C'est cette créature qui a creusé tous les tunnels !

Le troyden avance en zigzag et Yann comprend soudain la raison de ce déplacement hésitant.

— Il est aveugle ! dit-il à Gwen.

Soulevant Gaël par les épaules, le soldat le jette vers la créature mangeuse de pierre. Couché au milieu de la fosse, il tourne les yeux vers sa sœur.

— Pourquoi tu ne fais rien ? lui lance-t-il. Pourquoi tu ne fais jamais rien pour m'aider !

N'écoutant que son cœur, Gwen passe une jambe par-dessus le rebord de la fosse. D'une main ferme, Yann lui attrape le poignet.

— Non, dit-il. Ça serait du suicide !

En contrebas, Gaël se roule en boule et ne bouge plus.

— J'arrive ! s'écrie Gwen.

D'un geste brusque, elle libère son bras et dévale la pente.

— Vite, lève-toi ! dit-elle à son frère en le rejoignant au milieu de la fosse.

Yann ramasse des rochers et les lance sur la Bête pour permettre à ses amis de courir jusqu'à la paroi.

— Gaël, grimpe sur les épaules de ta sœur, lui crie-t-il. Et tends-moi la main !

Accroupie face à la paroi, Gwen aide son frère à monter sur ses épaules, puis se redresse lentement. Couché au bord de la fosse, Yann se penche au maximum et parvient à toucher le bout des doigts de Gaël.

— Laissez-moi passer ! dit le garde en se servant de Gwen comme d'une échelle.

Il grimpe le long de Gaël puis attrape le poignet de Yann pour se hisser à l'abri. Mais le jeune homme parvient à libérer sa main et le garde retombe lourdement dans la fosse, au pied du troyden.

Sonné par sa chute, il a juste le temps de rouvrir les yeux pour voir un des tentacules de la créature se jeter sur lui.

Détournant son regard de cette horrible scène, Yann tend à nouveau la main vers Gaël. Il lui attrape les deux poignets, puis, les dents serrées, hisse ses deux amis hors de la fosse.

— Tu m'as sauvé ! sanglote Gaël en se jetant au cou de sa sœur. Tu es venue me chercher, malgré tout ce que j'ai fait.

— Bien sûr que je suis venue, dit-elle en serrant son frère contre elle.

Soudain, un grondement sourd envahit le souterrain et le sol se met à trembler.

— C'est Néra ! s'écrie Yann. Les grottes vont s'écrouler !

Chapitre 11

Le tombeau

Les jeunes prisonniers ont été conduits en sécurité au pied de la montagne. Les rugissements de Néra continuent de faire trembler la montagne, ensevelissant tout le mal qu'elle contient... et bloquant tous les accès vers la surface.

Cette montagne sera-t-elle la tombe de nos Cavaliers ? Le museau tendu vers le ciel, Gulkien pousse un long hurlement. Nous devons les aider ! Mais comment ?

— On doit sortir d'ici ! s'écrie Gwen.
Alors que la voûte du souterrain com-

mence à se craqueler, une longue stalactite se détache au-dessus de la fosse du troyden et transperce le corps flasque de la Bête.

Quittant les bras de sa sœur, Gaël se tourne vers Yann.

— Je sais comment rejoindre la surface, dit-il. Je me souviens du chemin qu'a emprunté Vendrake en m'amenant ici.

— Tu es certain ? dit Gwen.

Gaël hoche la tête avec assurance.

— Suivez-moi, dit-il.

À chaque nouveau rugissement de Néra, les éboulements s'amplifient. Une fois arrivés au croisement où Yann et Gwen ont vu le Guerrier Dragon sur son étalon, Gaël entre dans un souterrain qu'ils ne connaissent pas. Yann hésite un instant.

— Tu es sûr de toi ? lui demande-t-il.

— On doit lui faire confiance, ajoute Gwen.

Yann hoche la tête et le trio reprend sa progression. Soudain, une des parois du tunnel s'effondre devant eux dans une déferlante de cailloux et de poussière noire. Yann se retrouve plongé dans l'obscurité la plus totale, les tympans déchirés par le grondement assourdissant qui envahit le souterrain. Les bras tendus devant lui, il continue de courir, les poumons en feu.

— On y est presque ! les encourage Gaël.

La poussière finit par se dissiper et Yann aperçoit sur sa droite un escalier de pierre ainsi qu'une ouverture voûtée. Il reconnaît aussitôt la caverne où Gor, Vendrake et Brutus avaient fait leur rapport à Derthsin !

— Gaël avait raison ! s'écrie-t-il par-dessus le grondement de la montagne.

Les trois jeunes gens ne tardent pas à rejoindre l'armurerie. Ils observent, fascinés, les fourneaux, les cages et les armes se briser sous une avalanche de stalactites et de roches.

Tandis qu'ils remontent le tunnel menant à la sortie, les poutres soutenant la voûte commencent à se fendre et une pluie de pierres aiguisées s'abat sur leurs visages et leurs dos. Dans un dernier effort, Yann franchit l'ouverture, la tête enfouie dans ses bras.

— Attention ! hurle Gwen.

Elle le saisit par l'épaule et le tire violemment sur le côté. Ouvrant les yeux, le jeune homme découvre qu'il se tient au bord d'un précipice : la route menant à la mine s'est en partie effondrée et les trois amis se retrouvent piégés sur une étroite corniche toujours secouée par les soubresauts de la montagne.

— On va mourir ! gémit Gaël.

Un cri strident déchire soudain le ciel et deux silhouettes surgissent du nuage de poussière.

— C'est Gulkien et Firepos ! s'exclame Yann, le cœur gonflé d'espoir.

— Il n'y a pas assez de place pour qu'ils se posent ! dit Gwen.

Les Bêtes s'approchent au maximum puis, volant sur place, se positionnent à quelques mètres en dessous de la corniche.

— On va devoir sauter ! dit Yann en évaluant la distance d'un regard.

— Vous en premier, dit Gaël, le visage blême.

Gwen s'approche du bord, puis saute dans le vide, les pans de sa cape gonflés par le vent. Elle atterrit en travers de Gulkien et se cramponne au pelage touffu de son loup.

Yann prend une grande inspiration, saute à son tour et se rattrape in extremis au plumage de l'oiseau-flamme.

— À toi maintenant ! dit Gwen à son frère. Saute !

Collé à la paroi, Gaël est pris de violents tremblements.

— Tu dois te montrer courageux ! s'écrie Yann.

— Je n'y arriverai pas, gémit-il.

La montagne gronde à nouveau et Gaël tombe à genoux. Écarquillés de terreur, ses yeux se posent sur sa sœur et il tend une main tremblante vers elle.

— Aide-moi ! crie-t-il dans un sanglot.

Gwen tente d'approcher Gulkien de son frère, mais le loup évalue la situation trop dangereuse et décide de s'éloigner de la paroi.

— Non ! hurle-t-elle dans un cri de désespoir.

Secoué par un puissant tremblement, un pan complet du sommet s'effondre sur lui-même. Gaël est encore à quatre pattes lorsque l'éboulement s'abat sur lui et il disparaît en quelques secondes sous les rochers.

Enveloppée dans une couverture et les joues baignées de larmes, Gwen observe les flammes danser dans la cheminée. De retour à Colton, ils ont trouvé refuge dans la maison de la grand-mère de Colin, un des enfants prisonniers des mines. Par la fenêtre, Yann observe les Bêtes installées dans le jardin.

L'oiseau-flamme croise son regard et lui envoie un message de réconfort. *Son chagrin finira par passer.* Yann n'est pas sûr que Firepos ait raison.

Ils ont cherché le corps de Gaël jusqu'à la tombée de la nuit. Introuvable.

— Gaël nous a sauvé la vie, tu sais, dit-il en s'asseyant près de son amie. Malgré ses erreurs passées, il a choisi de faire le bien en nous guidant vers la surface. C'est ça qu'il faut que tu retiennes.

Il entoure les épaules de Gwen et à son tour observe les flammes. Le désespoir envahit son cœur. Derthsin possède maintenant deux morceaux du masque. Ses pouvoirs vont continuer de grandir. Et Yann les a déjà vus à l'œuvre à travers son serviteur. Vendrake a-t-il réussi à s'en sortir ? *Si on croise encore sa route, quel prix fera-t-il payer à Firepos ?*

Une fois les quatre morceaux rassemblés, Derthsin pourra convoquer Anoret, la toute première Bête de l'histoire d'Avantia qui, d'après les légendes, est aussi la plus puissante. Réussira-t-il à la dompter ? Yann n'a aucune envie de le découvrir : sa priorité est de récupérer les morceaux avant son ennemi.

— Il est sans doute déjà en route pour trouver le troisième morceau, murmure-t-il.

— De quoi tu parles ? demande Gwen, le visage sombre. Ne me dis pas que tu penses encore au Masque de la Mort ? Tu ne vois pas qu'il porte bien son nom ? Il répand la mort sur son chemin !

Jetant la couverture par terre, elle quitte la pièce.

Par la fenêtre, Yann la voit s'approcher de Calixte, occupé à caresser les flancs de Néra. Lors de leur première rencontre sur la place de Colton, il n'aurait jamais pu imaginer faire équipe avec Calixte. Gwen va-t-elle continuer de se battre à ses côtés, elle aussi ?

Les yeux fermés, Yann voit les flammes danser à travers ses paupières. Un visage flotte au milieu d'elles. Le visage de Derthsin.

— Rien n'est encore joué ! lui murmure-t-il. Pas tant que je vivrai.

Une vive douleur jaillit soudain dans son crâne et un autre visage apparaît derrière ses paupières closes. Une longue cicatrice lui barre le front et descend jusqu'à sa gorge.

— Nous t'attendons, lui susurre Vendrake dans un grand sourire.

Yann rouvre brusquement les yeux. Gwen et Calixte se tiennent devant lui et le regardent, l'air inquiet.

— Qu'est-ce qu'il y a ? lui demande Calixte.

Dans la vision qu'il vient d'avoir, Vendrake tenait un des morceaux du masque entre ses mains. Yann avait senti l'envie de le prendre et de le porter à son visage...

— Je pensais à Vendrake, voilà tout, répond-il à la hâte.

Après un temps de réflexion, il ajoute :

— Je ne sais pas ce que l'avenir nous réserve…

— Cette aventure est maintenant la mienne, dit Calixte en haussant les épaules. Mort ou vivant, c'est en héros que je reviendrai dans mon village.

— Je veux continuer à me battre aussi, dit Gwen en s'approchant de Yann. J'ai déjà tant perdu, je ne perdrai pas ce combat !

— Quel qu'en soit le prix ? leur demande-t-il.

Calixte hoche la tête et Gwen montre les hachettes pendues à sa ceinture.

— Quel qu'en soit le prix, dit-elle.

Quelque part dans le royaume d'Avantia, Derthsin les attend, à l'affût.

Prenez garde, on arrive, pense Yann.

À SUIVRE…

Les légendes d'Avantia

La bataille pour Avantia continue...
Rejoins mon Cavalier dans le tome 3
des Légendes d'Avantia :

Le pouvoir des Bêtes

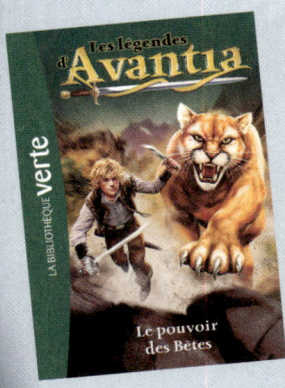

Accompagnés de Gwen et Calixte, nous partons en direction des Grottes du Sud. Le troisième morceau de masque s'y trouve… Pendant le voyage, Yann découvre un des terribles secrets du Masque de la Mort. Mon Cavalier échappera-t-il aux griffes du Mal ?

**En librairie
le 19 octobre 2011**

Et en décembre,
retrouve les Bêtes d'Avantia,
dans le tome 4 :

La forteresse maléfique

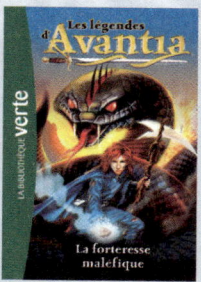

Pour connaître la date
de parution de ce tome, inscris-toi
à la newsletter du site

bibliotheque-verte.com

Les légendes d'Avantia

La quête de Yann et Firepos
a commencé dans le tome 1,

Le Masque de la Mort

Table

1. La trahison 13
2. Le retour du Guerrier Dragon ... 23
3. Informations 31
4. Colton 39
5. Une nouvelle Bête 51
6. Rivalités 63
7. Les Mines Cachées 71
8. L'attaque 83
9. Renforts 93
10. Le troyden 99
11. Le tombeau 113

« Pour l'éditeur, le principe est d'utiliser des papiers composés de fibres naturelles, renouvelables, recyclables et fabriquées à partir de bois issus de forêts qui adoptent un système d'aménagement durable. En outre, l'éditeur attend de ses fournisseurs de papier qu'ils s'inscrivent dans une démarche de certification environnementale reconnue. »

Imprimé en France par Jean Lamour-Groupe Qualibris
Dépôt légal : août 2011
20.07.2425.5/01 ISBN : 978-2-01-202425-0
*Loi n° 49956 du 16 juillet 1949
sur les publications destinées à la jeunesse*